Cuentos del Alı

Para aquellos que me hicieron soñar he imaginarme este mundo de ensueños. A todos ustedes... gracias.

Índice

Capítulo 1: Cómo perder a la musa de
tu vida

Capítulo 2: Otro invierno sin ti

Capítulo 3: Chicos de la calle

Capítulo 1: Cómo perder a la musa de tu vida

No voy a contar una historia común, no, hoy voy a contar un hecho trascendental en la vida de una persona. Esta historia que aquí cuento no es más que eso que nos sucede y nos quita las ansias de vivir.

Era linda, su cabello le rozaba la cintura, su piel era de un blanco marfil con tonos trasparentes, sus ojos, esos que me envolvían tenían un tono azul cielo que le devolvían la felicidad al que mirara, era bella no lo duden, quince años tenía entonces y ya la adoraba; la vi en la escuela a principio de curso y no me pude contener y al pasar junto a mí los ojos se me desorbitaron, la veía todos los días y sin mentir no hubo noche desde que la conocí que no pensara en ella, era como si su inocente mirada, su tierna forma de sonreír y su sencillez, me hicieran preso de una completa obsesión. Pasaba los días lelo mirándola, se sentaba allá de última, sola, nadie se le acercaba, quizás porque no sabían distinguir las cualidades que yo de sobrado veía a diario en ella, y a cambio, veían a una chica frívola o distante. Un día, no aguanté más, era demasiado bueno para ser verdad, la tenía frente a mí, con la cabeza gacha y dos mechones que le caían en el rostro, estaba sonrojada y yo, abobado, la miraba como queriéndola recordar siempre, me quedé mudo, no me salieron las palabras, y en el subconsciente me decía – Vamos tonto habla, eres un cobarde, mira que trabarte ahora, no eres fácil y así, no sé ni como me salió la primera palabra, algo gaga, pero se entendía.

-Hola Jessica, me llamo Ernesto – ella no contestó, solo me regaló una hermosa sonrisa - estoy en tu aula me recuerdas el de la fila derecha, al frente.

-Si te recuerdo - dijo por fin con su suave voz, esa que tanto quise oír refiriéndose a mí.

No te contaré detalles, pero si te diré que desde ese día me hice su más ferviente amigo y compañero, comencé a visitar su casa, estudiábamos juntos, merendábamos y compartíamos el almuerzo. Ella me parecía cada vez más fascinante, sonreía tan lindo, hablaba tan suave, aún me parece sentirla tarareándome una canción. Cuatro meses después ya éramos novios, la logré cautivar con mi forma de ser y jamás, créanme, que jamás pasó por mi cabeza hacerle daño, no podía hacerle daño a la persona más importante de mi vida, no, no a la criatura más hermosa que jamás conocí; la traté con tanto cariño, le di tanto amor, ¿Qué como un adolescente llega a querer tanto?, no lo sé, pero le di lo mejor de mí y le hubiese dado mi vida de poder haberlo hecho. Un día estábamos sentados en el parque y ella estaba muy seria y pálida, pero trataba de ocultarlo, solo me pidió que la llevara a casa y así lo hice, sus padres me dijeron que no me preocupara y que me fuera, ellos me avisarían si algo sucedía. Al otro día cuando fui a verla, sus padres no me lo permitieron, dijeron que era preciso que nadie la molestara. Fui otra, otra y otra vez, e incluso iba hasta tres veces al día, pero nunca me dejaron verla, no fue hasta que pasaron doce días que sus padres se sentaron conmigo en la sala de su casa y me dieron la noticia más desgarradora de toda mi existencia.

-Ernesto – comenzó el padre con los ojos aguados – sabemos cuánto quieres a nuestra niña y es por eso que hemos decidido contarte el porqué de no permitirte verla. La verdad es que Jess padece de nacimiento de una enfermedad en la sangre, leucemia, una horrorosa enfermedad que no tiene cura, cuando niña nos dijeron que el máximo de vida cuidándose sería de unos dieciocho años, pero esa fecha se adelantó, nos dijeron que la enfermedad era impredecible y ((helo)) aquí, Jessy lleva diez días conectada a los aparatos que la mantienen viva, de momento pedimos tenerla en casa hasta el final y allí esta, con los ojitos cerrados como un ángel. Había escuchado cada palabra pero ninguna me pareció tan terrible como la idea de perderla, no lo pude resistir, mis ojos se aguaron y el corazón se me paralizó, viajé al infierno y me quemé en su fuego, caí de la nube más alta y me hice tierra, se me vino el mundo enzima, me tembló todo el cuerpo, cambié de color e intenté sobreponerme pero me atacaron los nervios, la madre lloraba desconsoladamente y el padre trataba de calmarme, pero era inútil, con un fuerte impulso me deshice de sus manos y fui en dirección a su cuarto, abrí la puerta y la vista se me nubló, solo pude distinguir aparatos, sueros e instrumentos de hospital y allí, entre toda aquella confusión, mi niña, mi hermosa niña, tan bella como siempre, pero pálida y dormida, caí adolorido a su lado, cuanto hubiese dado por no verla así, me sentí tan inútil, pasé noche tras noche a su lado, hasta que un día despertó y al otro le quitaron los aparatos. No lo podía creer Dios me había oído, seguí hiendo día tras día a llevarle las clases, flores, me hacía tantas ideas de que pronto estaría de nuevo en su puesto y entonces yo me pasaría los turnos de clase mirándola. Un día antes de dormir me dijo:

- ¿Sabes Ernesto lo que quisiera?, llegar a tener hijos y nietos ¡Por qué no! ¿Crees que podrá ser?, tengo tantos sueños que cumplir; promete que me llevaras al mar en cuanto me recupere, me gustaría ser profesora para así enseñar lo bello de la vida ¿Por qué lloras? ¿Qué, no te hacen felices mis sueños?

Tuve que callar y controlar mis emociones, como darle a demostrar que nunca cumpliría sus sueños, que su vida se me escapaba de las manos y que estaba agonizando a su lado, le tomé una mano y le pedí que durmiera, mientras yo me quedé llorando a su lado toda la noche y lloré, lloré lo más que pude hasta que el sueño se apoderó de mis ojos, para cuando desperté era de día, sostenía en mis manos una manita fría e inmóvil, mi primera reacción fue llevármela a los labios pero al ver que no tenía respuesta me precipité hacia ella y con la fuerza de alguien que quiere vivir y el dolor de quien acaba de perderlo todo, me le abracé fuerte, tan fuerte que creí asfixiarme y grité con todas las fuerzas que pude "llévame a mí", quise pasarle mi vida, darle mi corazón latiente… pero era demasiado tarde, mis gritos trajeron a sus padres al cuarto y ahí, ahí lloramos la pérdida de la musa de nuestras vidas, la inolvidable niña de ojos azules, mi gran amor. No fui al entierro, poco recuerdo de lo que hice luego, de lo único que tengo conciencia es de que hace veinte años soy un hombre que no sabe del mundo, soy una especie de ermitaño que anda por las calles de esta ciudad sin rumbo, para mí no hay vida, no hay sueños, no hay nada, mis sueños se fueron con ella y con ella están hoy, ¡sí!, la recuerdo tanto que pronto le acompañaré en el descanso eterno, ese que tanto he deseado, pero solo lo impedía el que no habías aparecido, la misión en el mundo que dios me dio termina aquí y ahora comienza la tuya.

Capítulo 2: Otro invierno sin ti

Los ciruelos mostraban a penas sus hojas, la nieve se escurría entre las rejas del jardín, el frío se hacía sentir ahora más que nunca, la casa estaba cubierta por el hielo, los chicos ya no jugaban en la nieve haciendo sus muñecos blancos, no, el frío era mayor, todos preferían mirar a través de la ventana, o la orilla de la chimenea. Se acercaba la primavera, llegaban las flores a nuestras vidas y así llego esa florecilla. Era una mañana de esas que llamamos grises, el frío era intenso, estaba descongelándose todo, pero eso no impedía que un automóvil se desplazara a toda prisa por las calles de esta ciudad donde comienza esta historia.

El automóvil se detuvo frente a mi casa y desde mi ventana pude observar a un hombre y a una mujer vestidos de blanco salir de el a toda prisa. Corrí a la cocina y pregunté; mamá me respondió que estaba naciendo la criatura de los Dorticos y que al parecer era una niña. La mañana siguiente del suceso la fuimos a visitar, al entrar en la habitación del matrimonio no pude dejar de admirar una hermosa cuna toda adornada de seda rosa, con lazos y peluches que parecía el trono de una princesa, mamá me empujó para que me acercara quedando de un salto frente a ésta, me extrañé pues parecía vacía, pero me equivocaba en ese instante algo pequeñito comenzó a moverse hasta quedar su carita al descubierto, no se describir lo que sentí entonces, yo era muy chico, cuatro años tenía, pero lo que si recuerdo es que esa cosita rosada, sin pelos, hinchada y con esa expresión de quien no quiere las cosas me cautivó, quizás más de lo que se puedan imaginar. Cuando ya no hubo frío mamá comenzó a trabajar, lo hacía en una florería que durante invierno cerraba, y a mí como siempre me dejaban en casa de mis vecinos, la recién llegada era rechula, me la pasaba meciéndola en su cunita o cayéndole atrás a su mamá para ver lo que le iba a hacer. Otros inviernos pasaron y otras primaveras llegaron, la verdad era que odiaba los inviernos sobre todo porque María Fernanda sufría severos ataques de asmas y alergia, durante el frío no la dejaban salir de su cuarto por eso Todos los días frente a su ventana le construía un muñeco de nieve al que le ponía un cartelito con un mensaje nuevo para que así, al ella levantarse y asomarse a la ventana yo pudiera ver su carita sonriente. El último cumpleaños que pasé junto a ella fue mi duodécimo, a papá le habían ofrecido un cargo de ejecutivo en una firma importante, el fin de nuestros problemas económicos, me dolía mucho separarme de ella, más, ¿qué podía valer la oposición de un niño de doce años? Ese día mis compañeros de aula comenzaron a burlarse tanto de ella que terminaron haciéndole llorar, casi término agarrándome a trompadas con todos.

-No llores más, no tienes por qué hacerles caso, tú no eres una fragilita ni te rompes como una hoja seca, la verdad es que eres linda y fuerte.

-Eso lo dices porque eres mi amigo, además porque me tienes lástima.

Yo no le tenía lástima, ni la veía frágil, pero si me enojaba verla llorar, antes de marchar le hice prometerme que no se dejaría decir nada mas de nadie, que contaría las estrellas cada noche y que no dejara de pensar en mí, le dije que a cambio le seguiría construyendo un muñeco de nieve donde quiera que estuviese solo para ella, me regaló un libro y en la contra portada decía. "En invierno sueño tu imagen, pero en verano toco mi sueño".

MARY.

Ese libro aún duerme conmigo bajo la almohada, fue mi consuelo por largos años. Cursé la prepa en una excelente escuela, papá era entonces dueño de una productora compañía en las que comenzó trabajando, tenía todo lo que un chico de vente años desearía tener; auto deportivo, carro del año, casa en la playa, en la ciudad una mansión, un apartamento privado en un lujoso edificio, yacusi en la azotea, reservaciones en lujosos restaurantes, viajes por el mundo, ropa elegante y además de ello, una excelente carrera que estudiar. Nunca utilicé una de mis tarjetas de crédito o cuentas en el banco para comprar mis notas, las que obtenía era por mis propios esfuerzos y aunque resultara raro para muchos incluyendo a mis padres, aún no me interesaba por nadie, incluso le oí hablar esto a unas chavas en el colegio:

-Es una lástima que un muchacho como él sea gay, no puedo creerlo, es alto con ojos negros, ese pelo negro que le cae en los ojos, su cuerpo tan definido, su bella piel blanca, dios mío que desperdicio.

-Pues la verdad nunca se le ha visto en nada.

-Pues ese es el problema, que ni para allá ni para acá, el chico no tira para ningún lado.

En realidad, ninguna me llamaba la atención, no hasta que entré en mi tercer año, acababa de reinstalarme cuando miré a través de la ventana, estaba allí, sentada en un banco, con su larga cabellera caoba recogida en una cola, vistiendo un traje azul del color del cielo, su rostro, apenas si conseguía verlo, pero mi corazón latía muy deprisa como para no prestarle atención a tal criatura, sus facciones eran delicadas y su estatura era alta no era de la universidad nunca la había visto, tampoco en la ceremonia de presentación de los nuevos estudiantes ¿Quién era entonces? Pensé bajar, pero no me daría tiempo, se había parado y caminaba en rumbo contrario a la universidad, ¡se iba!, ¿la volvería a ver? Intenté en vano llegar a la planta baja, mis pies volaron, mas no lo conseguí, mi desilusión fue mucha, ni siquiera alcancé a ver por donde se marchaba, me senté entonces en el banco donde ella se sentara y descubrí que en él había un libro, era una novela, una novela que me resultaba conocida, lo abrí con impaciencia y encontré en ella la misma dedicatoria que tenía el libro que por varios años durmió bajo mi almohada, ¡ha! pero como, ¿qué hacia ese libo allí?, hace años que no lo veía, lo había dado por perdido después de que nos mudamos, nunca más logré encontrarlo, así que pensé que se había quedado en la casa antigua pero si era así, como llegaría hasta aquí, quien era esa muchacha, por qué traer ese libro consigo, esperé un rato para ver si regresaba, mas no lo hizo, el frío comenzó a hacerse sentir, así que entré llevando el libro conmigo. Al otro día vagué por el parque en espera de verla, pero no regresó. Esa semana me la pasé esperando, más desistí, no iba a venir, quizás hasta había soñado aquella figura, sin embargo, el libro me confirmaba que no era así. Varias semanas después terminé el semestre, así que decidí marcharme a casa, mamá había recibido una invitación de los Dorticos que nos invitaban a participar en la celebración del 17 cumpleaños de su hija. Para qué decir que sólo mamá y yo viajamos, papá estaba muy ocupado como para venir con nosotros. Los Dorticos no permitieron que nos hospedáramos en un hotel, nos brindaron su casa con mucho cariño. Estaba muy emocionado, quería volver a ver a María Fernanda, debía de ser una joven hermosa, al menos eso creía, fueron varias horas de vuelo, horas interminables, tanto a mamá como a mí se nos notaba una gran emoción, volveríamos a nuestro antiguo hogar, la verdad era que al llegar todo lo encontramos igual a cuando partimos, los cerezos estaban copudos, los álamos crecidos, las plantas de jardín toda llenas de flores, no tuvimos dificultad para llegar a la casa, la verdad, todo había cambiado tan poco, mamá quiso ocultarlo pero se emocionó mucho al llegar a nuestro antiguo hogar, mucho nos costó alejarnos de allí, al bajarnos del taxi nos encontramos con el señor Alfred, el padre de Mary, en el jardín recogiendo algunas flores y a la señora Ada en el portal acomodando sus plantas.

- ¡Hola! - exclamó el canoso hombre

-Hola señor Alfred, cuanto tiempo.

-Cierto Carol, ¿este es el pequeño Fernando José? - y dándome un fuerte abrazo comenzó a observarme, también doña Ada que se acercaba sonriente a saludarnos.

- Dios hijo que hermoso y grande estas, me alegra ver en el hombre en que te has convertido.

Yo en realidad estaba muy emocionado, hacía tanto que no los veía, pero ¿y Mary? mis ojos recorrieron palmo a palmo los alrededores y nada, no estaba, entramos entonces a la casa, la señora Ada no dejaba de alagar a mi mamá por lo hermosa que estaba y a mí por lo crecido que me veía, pero no fue hasta que estuvimos en la sala que me detuve a escuchar sus palabras con mucha atención.

-Cariño baja mira quienes acaban de llegar.

Mi corazón comenzó a bombear sangre extra, el sentido se me aturdió, los labios secos, el aliento entrecortado y un sudor frío que comenzó a recorrer mi cuerpo me hicieron sentir el más idiota de los hombres, no lograba comprender por qué esta sensación, tanto mi madre como yo permanecimos atentos a la escalera, de la cual en instantes vimos aparecer una figurita esbelta, de cabellos largos recogidos en una cola, tez pálida y piel color de nieve, pero con los cachetes coloreados por el calor de clima, ojos color de cielo, boca pequeña pero bien delineada y de graciosa figura, vestía un short corto de mezclilla y un pulóver ceñido al cuerpo, no podía ser aquella la niña que yo deje un día en aquella casa, en verdad no podía ser, como había cambiado, de no ser por los dos huequitos que se les hacían al reírse, sus cachetes colorados, sus pestañas grandes y arqueadas, sus grandes ojos azules y ese lindo lunar que tenía en la en la barbilla, no hubiese reconocido en aquella figura angelical a la niña pecosa y peli risa que tropezaba con todo y lloraba por todo, aquella más bien era una musa caída del cielo, hermosa, muy hermosa, pero si hubiesen pasado algunos años más sin verla, dudo mucho que la reconocería, aunque siempre algo de ella iba dentro de mí.

-Hola – saludó sonrojada y sonriente

Yo ni respondí, me quedé perplejo, tal parecía una estatua, me besó la mejilla y me agarró del brazo, creo que su madre le pidió que me mostrara la alcoba que ocuparía.

-Fernando José, Fernando José – sentí su voz luego de unos minutos.

-Ah, dime – reaccioné

-Estás lelo, no has dicho ni media palabra, ¿Qué te sucede?

-Nada, yo, es que...

-Vamos hombre, tú también estas guapo – respondió coqueta

-Sabes, no tanto como tú, mas no sé por qué recuerdo tu pelo, tu piel es como si... claro eras tú, dime, ¿estuviste acaso en New York, frente a la universidad, hace como dos meses atrás?

-Pues sí, estuve, estuve un poco delicada de salud y tuve que cambiar de clima, pensé que te vería, pero no fue así, intenté buscarte para devolverte el libro que te había regalado antes de marcharte, pues parece que se te quedó, pero no te encontré y por desgracia lo perdí, no pude volver, pues mi vuelo salía ese mismo día y me detuve en la universidad antes de tomarlo.

-Si supieras cuantas veces bajé a esperarte, te encontré tan encantadora, quedé prendado, pero no volviste, encontré el libro, lo tengo conmigo, ese día te vi desde mi ventana y ya no te me borraste de mi mente, quién me iba a decir que eras tú... mi niña Mary -las palabras fluían a través de mis labios como una simple canción, solo descubrí lo insinuante de estas, al ver como aquellos bellos ojos tomaban un brillo aún mayor y cómo sus cachetes se tornaban más rosa.

-Qué creías, que iba a quedarme chica siempre

-No, es solo que...

-Ya no soy aquella niña que cuidabas de todos, ¿estoy grandecita no crees?

Se paró frente a mí y dio una voltereta, en verdad estaba mucho más que hermosa.

-Bueno ven, deja las maletas y acompáñame, tenemos tanto de que hablar.

Me tomo del brazo sin siquiera yo protestar, les dijimos a todos que saldríamos a dar una vuelta y así fue, recorrimos el parque, la plaza, dimos de comer a las palomas, comimos helados y por fin llegamos a nuestro lugar preferido, el lago, en verano solíamos ir y sentarnos en un puentecito viejo de madera y colgar los pies para sentir la tibieza del agua, quedando cubiertos por el follaje de los sauces, yo le hacía coronitas de flores para que pareciese una princesita y esta vez sí que parecía una, con aquellas flores adornándole el cabello, no dejaba de mirarla un momento, si me hubiesen pedido una descripción, no hubiese podido decir ninguna con exactitud, pues me encontraba ante una ninfa, una diosa. Me contó que quería asistir a mi universidad ya que en ella estudiaba su mejor amigo, le conté de mis estudios, de mi carrera de todas las cosas que hice durante esos años.

- ¿Cuéntame que haces en invierno? - le pregunté

-No mucho, sigo quedándome dentro, viendo caer la nieve o me mandan lejos del frío por temor a una recaída.

- ¿Siguen dándote los accesos?

-Ojalá y fueran solo accesos, hay veces que duran semanas, si supieras como me cuesta recuperarme, además, ya nadie construye muñecos de nieve para mí, sabes, a veces pinto uno con creyones en el cristal de la ventana y así parece como si hubiese uno frente a esta ¿Recuerdas?

-Yo siempre te construyo uno – respondí perdiendo mi mirada en el movimiento del agua

-Eres un reverendo mentiroso.

- Es verdad, mil veces mis amigos se han preguntado el porqué de los muñecos, más yo solo los construyo y pongo un cartel con tu nombre – seguí respondiendo con tono melancólico

-Antes de irte me pediste que fuera fuerte, que no hiciera caso de los demás y lo hice, es así como he sido fuerte, es así como me he convertido en lo que soy, y el venir a estos lugares y recordarte me daban fuerzas.

-Yo también pensaba mucho en ti, recuerdas que prometimos pasar juntos esas vacaciones, pues bien decoré un cuarto solo para ti, con peluches, lasos y almohadones para que estuvieras cómoda, pero te enfermaste y no pudiste ir, recuerdo que cuando vino el invierno lo culpé de no haberte permitido venir a mi casa y me enfadé tanto que no quise construir un muñeco de nieve ese invierno.

El tiempo a su lado era estupendo, pero no se detenía, nos contamos la mayoría de las cosas que nos habían sucedido, pero tuvimos que volver a casa, ella subió a su recámara y yo seguí a la cocina, pero me detuve al oír a mamá y a doña Ada hablando bajo, di vuelta atrás pero el llanto de la segunda me detuvo, me quedé parado tras la puerta escuchando con cuidado.

- ¿Así que es igual que antes?, y los médicos, ¿qué dicen ellos Ada?

-Nada, nunca dicen nada – la mujer hablaba entre sollozos.

-Recuerdo sus ataques, pero nunca imaginé que terminara así – mi madre también hablaba con la voz tomada

-Si Carol, el médico que la ha atendido siempre nos ha comentado que al parecer ella lo padecía desde chica, pero que se le ha ido desarrollando poco a poco, hasta el punto tal, de que ya no sabemos qué día se nos va a ir.

- ¿Tan grave es la situación?

-Si Carol es muy grave, ¡si supieras como envidio la salud de tu Fernando José! – rompió a llorar.

-Cálmate Ada, quizás existan médicos en otros estados que puedan resolver el caso, tu niña no puede morir y ustedes no pueden darse por vencidos.

-Es inútil amiga, desde que Mary tenía diez añitos comenzamos la búsqueda, hemos investigado y buscado posibles soluciones, pero no hay resultados, pero peor aún es que ella no sabe nada, ella planea tanto su vida futura, ¡ay, Carol!, mi niña está muriendo y no podemos hacer nada por ella.

-Cuánto lo siento, si yo pudiera hacer algo por ustedes, lo que sea.

-Gracias, sé que puedo contar con ustedes, gracias - se abrazaron fuertemente

Al darse la vuelta mamá me encontró en el mismo sitio que antes, solo que de rodillas, pálido y con el rostro todo empapado en lágrimas, me miró con los ojos aguados y con una expresión de tristeza y lástima, mas no se atrevió a decirme nada, ninguna palabra me hubiera consolado en ese momento, doña Ada me pidió silencio, pero en verdad hubiese preferido la muerte, lo que acababa de oír me había quitado la alegría que hubiese podido sentir, como loco y cuando al fin reaccione tomé a doña Ada por los hombros y la sacudí con fuerza.

- ¡Dígame que es mentira, dígamelo! - miré a mamá en espera de una respuesta que me calmara más esta meneó la cabeza negativamente mirándome con lástima

-No hijo, no es mentira.

Entonces la solté, sequé mis lágrimas, casi corriendo salí de la casa, pasé la noche en el puente del riachuelo gritando y maldiciendo a la vida, el destino, y todo lo que me pareciera culpable, hasta yo mismo me maldije por no poder hacer nada. Al otro día era su cumpleaños, cuando daban las cinco de la mañana llegué a casa y me metí en la cama, aunque no conseguí dormir, mamá me fue a despertar a las ocho, pero me encontró arreglado, sentado en un sillón al lado de la ventana que daba al jardín.

-Hijo, me tuviste preocupada ¿Cómo te sientes? - no respondí, ni siquiera aparté mi mirada de la ventana.

-Escucha Fernando José, nosotros no tenemos la culpa de nada y nada podemos hacer, más que alegrarle estos días, hijo, se lo mucho que la quieres, aún antes de que tú mismo lo descubrieras yo sabía que le amabas, piensa en ella y en lo mucho que te aprecia, no sería justo que le demuestres lástima cuando ella espera más de ti ¿no crees? Es difícil lo sé, pero...

-Mamá... por qué ella - fue lo único que conseguí pronunciar, el dolor me hacía un nudo en la garganta.

-Vamos hijo, vamos, para de llorar, además aún no se está muriendo, disfruta del tiempo con ella, ahora ven, ella quiere que seas la primera persona que la vea arreglada, además desea que la lleves del brazo frente a todos, ¿puedes?

Yo me encontraba muerto en vida, pero mi corazón se alegraba al oír que quería verme, después de todo ella estaba allí esperando por mí. Fui a su puerta y entre pues estaba abierta, al entrar no pude sorprenderme más de lo que lo hice, había olvidado lo bella que era, traía un vestido del mismo color de mi traje, ceñido al cuerpo, terminando bajo sus rodillas, unos tacones dorados que combinaban con el bordado del vestido, tenía el pelo suelto, del cual se prendió en un instante la peineta de perlas que yo le regalara, traía también el juego de gargantilla que mamá le regaló, su maquillaje era tan sencillo que su belleza resaltaba aún más.

-Entonces ¿Cómo me veo? – me preguntó dando una voltereta.

-Disculpa que no te halague demasiado, pero me dejas sin palabras, estás sencillamente encantadora.

- ¿Bien, me lleva del brazo caballero? – solo Dios sabe el poder que tenía su mirada en mí.

-Con sumo placer mi reina.

Sonreí al verla coqueta, a pesar de haber crecido seguía siendo la misma chiquilla encantadora de siempre, le ofrecí mi brazo y la conduje al reservado del hotel en el que se le celebraría el cumpleaños, al llegar, nos detuvimos a esperar que los demás nos alcanzaran para poder entrar juntos al salón, mas, para sorpresa mía, se paró frente a mí y me besó, por supuesto que le respondí, aquel beso no fue cualquier beso, aquél era el beso de la persona más importante en mi vida y recién me daba cuenta de cuánto le quería, la atraje hacia mí y la abrase con fuerza, sentía su olor fresco y suave, sentía la suavidad de su piel, respiraba su mismo aliento no quería soltarla, pensaba que quizás si la retenía conmigo un ratito más, su enfermedad terminaría por pasárseme a mí.

- ¿Qué acabas de hacer? - le susurré al oído.

-Acabo de comprobar si todavía me quieres.

-Te convences ahora de que te quiero aún más que nunca.

-No te quepa la menor duda, pero podría volver a dudarlo.

-Hay chiquilla loca, como te quiero.

Los demás comenzaron a llegar, así que nos separamos y tomados de la mano entramos. En toda la fiesta no nos apartamos un segundo, de vez en vez nos escabullíamos a un saloncito y nos besábamos como dos locos, jamás pensé descubrir que dentro de mi crecía este sentimiento y ni siquiera imaginaba lo mucho que la quería, sin embargo todo era demasiado bueno para ser verdad, no pudimos disfrutar de la fiesta por completo, a media noche Mary comenzó a sentirse mal y tuvimos que llevárnosla en el auto rumbo a la casa, estaba muy agotada, así que la llevé en brazos a su habitación, allí me quedé, junto a ella toda la noche hasta que despertó

-Hola.

-Buenos días princesa.

- ¿Te quedaste toda la noche en ese sillón?

-Si, ¿es acaso un delito?

-No, aún no lo es, solo que no era necesario, debes de estar muy cansado.

Acababa de despertar, sin embargo, seguía siendo hermosa y me miraba de una manera.

-No te levantes por favor, si os molesto me voy.

-No seas tonto, bien sabes que no molestas, además ya me siento mejor.

- ¿Segura que estas bien?

-Si, acaso no sabes que con unas pastillitas y un buen reposo el corazón te dura otro día más.

Aquellas palabras causaron en mí el efecto de una granada, ella sabía de su enfermedad, sin embargo, estaba tan tranquila.

-Descuida, hace un par de años que lo sé ya - su semblante estaba ahora triste.

-Yo no quise, disculpa.

-Se que recién te enteraste, lo pude ver ayer en tus ojos y sé que no fue lástima lo que te movió a darme ese beso, aunque me es difícil creer que exista otro sentimiento que no sea ese, más cuando sabes que te mueres, no sería justo de mi parte seguir poniendo a prueba a tu corazón, es por ello que después de darme el mejor día de mi vida te pido que te alejes y te vayas, ya no quiero volver a verte, creo que será mejor así.

Sentía que mi corazón estallaría de tanta indignación, a la vez que me retorcía de dolor al verla ocultar el gran sufrimiento que le causaba decir aquellas palabras, me paré frente a ella y con él ceño fruncido comencé a decir sin controlar mis impulsos ni medir el tono de mi voz.

-No tengo idea de lo que me estás diciendo y menos de lo que me acabas de pedir, haré como que no has dicho nada... disculpa si me alteré, pero por favor no me pidas que me aleje de ti, poco me importa si me abandonas mañana, pasado mañana, dentro de dos años, quiero estar contigo hasta el último momento, entiendes, no puedes apartarme de ti, no puedes hacerlo, no puedes evitar que te ame, no puedes ni siquiera hacer que renuncie a ti, porque no lo haré, nunca lo haré.

Ella se me colgó del cuello sollozando y riendo a la vez, yo la abracé fuerte, tan fuerte que creí hacerle daño, tenía los ojos aguados, pero no les daba cabida a las lágrimas, al menos no hasta que ella me miró con su carita inocente llena de éstas, entonces las mías comenzaron a rodar cuesta abajo.

-Gracias Fernando José, gracias por quererme así, hay dios mío como duele saber que te mueres y más aún cuando tienes una razón demasiado fuerte como para renunciar a ella.

-María Fernanda juro que te haré feliz, lo juro mi niña, como duele saber que te perderé un día de estos, no te vayas, quédate conmigo siempre, por favor no me dejes.

Seguro piensan que después de eso regresé a la universidad, pues no, terminé mi tercer año tres años después. Lo que en realidad sucedió fue que ese verano nos casamos y vivimos en la casa que fuera antes mía, frente a la de ella, tuvo otras recaídas, pero ninguna de mucha gravedad, en menos de un año de casados mi Mary me dio la alegría de quedar embarazada, era riesgoso para ella y para el bebé aquel embarazo, pero ella no quería saber nada que no fuera dar a luz a nuestro hijo. La mimé por cinco meses y cumplí todos sus deseos, estábamos tan contentos, más los siguientes dos meses resultaron ser caóticos, la tuvimos que internar pues comenzó a ponerse mal, una mañana después de cumplirse el séptimo mes de embarazo, tuvieron que trasladarla a una sala de cuidados especiales.

- ¿Doctor, cómo está?

-Lamento decirle que nada bien.

-Pero y el bebé ¿Qué pasará con él?

-Amigo créame hemos hecho todo lo posible pero la única solución es una interrupción.

- ¡No!, no puede ser por Dios ¿y el niño entonces?

-El niño si vemos que tiene un corazón sano y que puede sobrevivir fuera del vientre de su madre será llevado a una sala especial y crecerá en una incubadora hasta que su peso y tamaño sean el de un niño normal, claro que para eso necesitamos su aprobación, antes déjeme decirle que las posibilidades de que el feto tenga un buen desarrollo son cuatro de diez.

-Corramos el riesgo, siempre y cuando sea por salvar a mi esposa e hijo.

- ¿Usted no entiende verdad?

- ¿Qué? ¿Qué tengo que entender?, hable doctor por dios hable de una vez – grité desesperado.

- Pues que lo siento hombre, pero si aplicamos esta cirugía es porque su esposa no tiene fuerzas ya para seguir viviendo menos pera que su bebé sobreviva.

Aquellas palabras terminaron con toda pizca de fe que pudiera albergar mi alma, sin fuerzas me dejé caer en un banco, sin poder siquiera decir palabra alguna, sin saber si respiraba, si todavía tenía algo de corazón en el pecho, para mí el mundo había dejado de existir, hacía tanto que solo estábamos el dolor y yo en aquel interminable pasillo. Allí permanecí todo el tiempo que duro la operación y solo me paré cuando vi que la traían, de momento no me permitieron verla, tuve que conformarme con observarla por los cristales. Al bebé le habían trasladado a la sala de cuidados especiales, era una niña, un bebé poco agraciado y casi formado por completo, pero era mi hija el fruto de un amor inmenso. Mi Mary sonrió cuando al fin pude decírselo, se sentía contenta sus fuerzas eran escasas, pero al menos le permitían decirme una que otra palabra. Mas esto no duro mucho, al rato tuvieron que pasarla a una sala estéril y conectarle un respirador.

Dos semanas y se lo retiraron, pero un paro cardíaco hizo que cayera en coma, le dábamos por muerta, su corazón apenas si latía, mis noches se dividían entre las lágrimas y los suspiros, el santo de la capilla era mi mayor confidente, ya ni siquiera hablaba con mis padres o los de ella, todas sus suplicas porque descansaran no eran más que murmullos que el viento se llevaba. Cada mañana al ir y ver a mi niña las esperanzas hacían que mi corazón palpitara por unos instantes, estaba creciendo rápido y era fuerte como un tronquito de madera, pero igual de injusta era la vida, por un lado, me daba la mayor alegría de un hombre, el ser padre, pero por otra, me llevaba el amor de mi vida, no era justo supongo que en esta vida nada es justo, pero mi vida era demasiado injusta.

-Hola cariño, me han dejado entrar a verte, sabes no importa, si no me miras, sé que me escuchas, quisiera decirte que te amo y que no soporto ya verte así, regresa Mary, regresa, mira que nuestra niña está creciendo, ¿sabes? ya sus manitas están todas formaditas se parece a ti, tiene el mismo color de nieve que tú siempre iba en las mañanas a contarle lo que sucedía a su alrededor, para sorpresa mía, esa mañana abrió los ojos y me miro tan tiernamente que la alegría segó los míos, le sujeté una mano, la cual me apretó con fuerza y luego me sonrió, yo estaba tan feliz que no lo podía creer, estaba de vuelta, mi Mary de vuelta, le besé la frente, el cabello y los ojos, estos que ya nunca volvió a abrir, me había soltado la mano y apenas lo percibí, el ruido ensordecedor y continuo de un aparato me sacó de quicio y fue entonces que comprendí el verdadero sentido de aquella mirada, de aquella sonrisa, se despedía y yo que me había alegrado, me estaba diciendo adiós y se fue.

Cuidé a mi niña y a penas salimos del hospital fuimos a ver la tumba de su madre. Hoy hace cinco años que su cuerpo nos abandonó más su espíritu camina a mi lado, la siento junto a mí como el primer día. Mi niña nació sana, su corazón es igual al mío, fuerte a pesar de todo y aquí estoy hoy mirándola crecer, nos mudamos a la costa por un tiempo, quiero disfrutar cada segundo de su vida porque verla es ver a su madre y eso...

Eso me mantiene VIVO!!!!.

Capítulo 3: Chicos de la calle

Recuerdo aquel día como si fuera hoy, era el cumpleaños de nuestro querido Jan, ¿le recuerdas verdad?, cumplía 12 años, Jan era alto, delgado, de pelo castaño claro, ojos azules como el cielo y en los que parecía que quería meternos a todos como si fuésemos estrellitas, sus facciones bien se parecían a las de una pintura angelical, era lindo, a pesar de su carita triste todo el tiempo, como si la felicidad se le hubiera negado, solo había alguien que de vez en cuando le sacaba una sonrisa, ese alguien tenía la suerte de ser yo, sonrisa que bien parecía una mueca mal hecha, era de los que solo con hablar nos regalaba hermosura, era callado y serio, disfrutaba de tenerme cerca, pues no dejaba de cantarme como a una niña pequeñita, además de ser querido por todos igual era de respetado, así como Samuel el más grande de todos, tenía 13, los más pequeños apenas si le alcanzaban la cintura, Samuel era un muchacho robusto, de pelo encrespado, tez ruda, pero expresiones nobles, nos cuidaba celosamente a todos junto a Jan; le seguía en edad Temari, una chica de cabellos crespos, ojos color miel, alta y delgada como la mayoría, era ella quien nos hacía de comer la mayoría de las veces cuando era tarde ya y no llegabas, nos bañaba y se encargaba de enseñarnos buenos modales, Temari era un año menor que Jan, tenía un hermanito mucho más pequeño, Gara de 6 añitos, un chico enfermizo, delicado, de piel pálida, pero de ojos brillosos, padecía de una fuerte enfermedad en el corazón que por desgracia le dejaba débil, Samuel ayudaba casi siempre a Temari con sus cuidados, luego estaban Tami y Toni, dos gemelos de cabellos rojos encrespados, intranquilos, revoltosos, pero adorables, tenían 9 años. Jackelin era la que los continuaba en edad, era una pequeña hermosa, tenía el pelo negrísimo como un azabache, los ojos verdes como el agua del mar, Jackelin era como mi hermanita pequeña, no solo porque nuestro físico era extremadamente parecido, sino porque siempre estaba prendida sobre mí, con esa timidez que le impedía despegárseme, estaba luego Susan que era la más pequeña, tenía 5 añitos, era una personita pequeña, de cabellos rubios, ojos azules, cachetes coloreados, más su salud tampoco era la mejor, era fragilita, sus cachetes rosados perdían el color muy a menudo, su mirada era triste, y su semblante el de una criatura de dios, Jan le quería mucho, recuerdas Taitica, tu decías que entre Susan y yo le íbamos a enfermar, pasaba horas al lado de ella cuando esta se enfermaba, mientras que con la otra mano me acariciaba el cabello. Y al fin yo, que entonces tendría 10, mi nombre, Chani, o al menos así nos puso nuestro protector al encontrarnos, así que todos llevamos con orgullo nuestros nombres. Siempre me decías, hijita eres la musa pequeñita que se escapó de ese cuento de hadas, que suerte que caíste entre nosotros, que seríamos sin ti Chani, eres la princesita más bella que he conocido, una vez te oí describirme de esta manera, es una chica especial, con sus largos cabellos negros cual cascada de diamantes, sus hermosos y grandes ojos verdes que parecen el agua de un gran océano en el que te miras y descubres la misma pureza del alma, por la transparencia del agua, también decías que con solo mirar a los ojos a alguien lograba ablandarle el alma, que tenía la piel formada por mil copos de nieve, y que me sonrojaba de solo rozar el sol. Así era ese maravilloso anciano, nuestro Taitica ¿Qué quién era Taitica?, pues bien, era una de esas personas de las que debería de estar lleno el mundo, una persona excepcional a la cual le debemos el no haber muerto de hambre o frío en las calles, aunque para ello tuviera que trabajar duro y prácticamente ni descansar, en las mañanas se levantaba he iba a recorrer uno de los barrios más ricos de la ciudad solicitando trabajo de plomero, jardinero, deshollinador en fin de lo que se le pidiera, con suerte trabajaba en varias cosas y conseguía dinero suficiente como para comer ese día un poquitín más que lo cotidiano, el resto del día bien se ponía a vender periódicos o iba a las construcciones a cargar materiales y por las noches bien tarde limpiaba una taberna pequeña en las afueras de la ciudad. Mas era ya muy anciano para seguir con esa vida y las enfermedades comenzaron a aparecer. Hubo un brote de fiebre del cual no salió ileso, también enfermaron Gara y Susan, por varias semanas luchamos por bajarles la fiebre, pero era inútil. A pesar de que Taitica no lo permitía, Jan y Samuel tuvieron que ponerse a trabajar, poco conseguían pero al menos daba para comer algo y comprar al menos unas aspirinas, pero aun así nada hacía efecto, una mañana después de casi dos meses, vimos morir a la más pequeña de nosotros, recuerdo como lloramos ese día, pero lo que más me impresionó fue el ver por primera vez a Jan llorar, no gritaba, no gemía, continuaba en su calma aparente, pero densas lágrimas le bañaban el rostro, tenía en sus brazos el pequeñito cuerpo inerte envuelto en unas sábanas, y antes de colocarlo en la fosa que entre él y Samuel habían cavado en una especie de colina cubierta por flores silvestres, bajo un árbol de espeso follaje en el que nos sentábamos todas las tardes, lo apretó fuerte contra su pecho y besó con fuerza las sábanas, nadie se atrevió a decir nada, más por cada puñado de tierra que caía sobre ella era un desgarro más para el corazón, fue con ella donde nuestro corazón comenzó a quedarse en pedacitos. Taitica y Gara mejoraron, más, el primero no se recuperó del todo y hubo otra recaída, llegó una noche tan débil a la cabaña que tuvimos que cargarle hasta la cama, fue entonces cuando comprendimos que sus últimos días estaban llegando, esperamos por días que mejorara, pero ya no lo haría. Una mañana empeoró, Jan y Samuel estaba junto a él, el segundo salió por unos instantes, ninguno se atrevía a preguntar, con un gesto me pidió que entrara, temerosa por lo que pudiera encontrar allí dentro, tomé fuerte sus manos, sin valor para resistir el llanto me lancé hacia la cama en la que reposaba nuestro anciano protector y le abracé fuerte, muy fuerte sintiendo como sus manos me acariciaban, luego me apartó suavemente y me pidió que le atendiera, fue entonces cuando sentí los brazos vecinos que me sujetaban, al volverme me percaté que era Jan, me tenía sentada en sus piernas y me miraba con tristeza desmedida.

-Jan, mi niño Jan - comenzó diciendo- siempre he admirado tu forma de ser, admiré siempre como guardabas toda esa tristeza para ti y como nunca permitiste que a ninguno de tus hermanos le afectara... hijo nunca he dejado de reconocer lo unido que estás a esta muchachita que es tan mía como tuya... ¿sabían acaso que fueron ustedes los primeros en llegar a mis manos?, recuerdo Jan que cuando le traje a Chani estabas entretenido con una bolita de estambre y la dejaste a un lado para ver que era esa cosita rosada que hacía tanto ruido, luego de ese día recuerdo que querías cargarla siempre, no te importaba que no pudieras con ella, recuerdo el día en que dormías tranquilamente y Chani comenzó a llorar y te despertó, fuiste hacia su camita y le cogiste las manitos, de inmediato se calló la boca, ese día me di cuenta que nunca se separarían, hoy hijo quiero que me la cuides, aún más, quiero que me le des lo mejor de ti, protégela del mundo y hazla feliz mientras tengas fuerzas - Jan tenía sus ojos fijos en los míos, conteniendo lo mejor posible las lágrimas.

- Tú, mi pequeña princesita de oro, quiero que le estés agradecida siempre a este jovencito, quiero que recuerdes como pasaba noches en vela cuando te enfermabas, como te daba su comida para que no te quedaras con hambre, agradécele entonces lo mejor que puedas y yo, yo, mi princesita te estaré eternamente agradecido.

-Taitica, Taitica, no hable más, descanse.

-No mi Samuel, ¿no crees que he descansado lo suficiente?

-Pero, pero Jan, las pastillas – pregunté desesperada

-Ya no quedan Chani.

- ¿Y el dinero?

-Todo se acabó, esas pastillas eran muy caras, cogimos todo el ahorro que había para que Gara pudiera ir a ver a un médico.

Al oír esto no pude contenerme, ese dinero era para que Gara tuviera al menos un tratamiento para sus males, muchas veces no comimos para poder guardar un poco más de dinero y ahora ya no quedaba nada de él y aún nuestro Taitica estaba tan enfermo, comencé a llorar con fuerza en los brazos de Jan sin siquiera atreverme a mirar hacia el lecho, entonces sentí como Jan comenzó a sollozar con fuerza y me apretaba aún más impidiendo que me volviera para mirar, oí entonces llorar con fuerzas a Samuel y comprendí que otro pedacito del corazón acababa de irse junto a nuestro Taitica.

Tampoco Taitica tuvo lápida, solo un hueco en el suelo al lado de Susan, con una cruz de madera igual de sencilla que la otra. Después de eso tuvimos que valernos por nosotros mismos, por lo que Jan y Samuel trabajaban en las construcciones, Toni que era bueno con las maderas hacía figuritas y juguetitos y se ponía a venderlos en las aceras de cualquier centro comercial, diríase que esos fueron los únicos juguetes que tuvimos, los que Toni nos hacía, mientras que Temari había logrado conseguir trabajo en la misma taberna que trabajaba Taitica, lavaba los platos y limpiaba las mesas, yo me encargaba de cuidar de los más pequeños entre los que estaba Gara que prácticamente no se valía por sí solo. Por más de un año pudimos seguir con este ritmo pero pronto llegaba el invierno y se nos hacía más difícil conseguir trabajo además de que nuestra ropa no nos cubría lo suficiente como para soportar el frío, solo Temari mantenía su trabajo pero con lo poco que ganaba no daba para que todos comiéramos, así que Jan y Samuel se sacrificaban y nos daban sus raciones con el fin de amortiguar el hambre, fue así como se enfermaron, casi no teníamos fuerza, y el hambre arreciaba, cuando todos nuestros intentos por conseguir de comer no resultaron, Jan comenzó a hablarnos de un lugar que Taitica le había dado la dirección para que un día si lo necesitábamos recurriéramos a él.

- ¿Orfanato, que es eso? – preguntó Jackelin.

-Es un lugar donde se les da casa y comida a niños como nosotros, además le dan la posibilidad de encontrar una familia.

- ¿Samuel, tú crees que debamos ir?

-No sé, Chani, ¿Qué tal que nos separen?, era precisamente eso lo que no quería Taitica.

-No hay alternativa Samuel, ni vos, ni yo podemos hacer nada ahora, necesitamos comer y además Gara está empeorando no quiero ver morir a nadie más sin que intentemos salvarle, este es el momento que Taitica nos habló.

-Bien Jan, mañana temprano nos dirigiremos hacia esa dirección, quiero que descansen y que recojan lo que nos pueda hacer falta.

Al día siguiente por indicaciones dibujadas en un plano de la ciudad y una dirección, pudimos llegar al lugar. Resulta que después de caminar semi descalzos, con frío, y muy hambrientos, por interminables horas, lo único que recuerdo es un gran edificio todo cubierto de una enredadera congelada y rodeada por una alta reja de gordos barrotes, era inmenso, tenía 5 pisos, aquello nos parecía un palacio, en la gran entrada unos niños se divertían jugando en la nieve, Samuel se acercó a la reja y llamó a uno de ellos hacia él, a pesar de estar tan débil, Samuel traía entre sus brazos a Gara que se enroscaba en las ropas de este tratando de huir del frío, y Jan me cargaba a mí que casi sin conocimiento trataba de mantener los ojos abiertos. Después de decirle unas palabritas la niña salió corriendo y entró en el edificio del que salió al rato acompañado de un hombre delgado, de bigotes espesos, pelo canoso y de semblante serio y recto.

- ¡Por dios santo!, ¿quiénes son ustedes, niños?

-Señor necesitamos su ayuda comenzó Samuel yo soy el mayor de ellos, y por ende el encargado de cuidarles, mas ya no podemos más, nuestro protector era el jardinero que algunas veces ustedes contrataban el hombre se rascó la cabeza buscando una imagen perdida.

-Claro, era algo así como...

-Taitica señor - se adelantó Jan- era así como le decíamos, murió hace un año, por favor le pido que al menos permita que los más chicos se queden.

Extendió entonces sus brazos y apartó los harapos dejándome al descubierto, lo mismo hizo Samuel y Temari que traía en los suyos a Jackelin. El hombre nos miró de pies a cabeza, con su frente arrugada y sin vacilación alguna abrió las rejas del portón y nos condujo a un salón grande, con el piso tan pulido que podíamos mirarnos en él, allí aparecieron tres mujeres vestidas igual, era tan cálido allí que nuestros entumidos cuerpos comenzaban a tornarse flexibles. El señor le hizo unas señas a los demás para que nos pusieran en el suelo, mas, en cuanto salí de mi refugio sentí como mis fuerzas se desvanecieron, Jan que aún tenía sus manos sobre mí me sostuvo asustándose mucho, tanto que me abrazó y me apretó contra él acurrucándome de nuevo entre su ropa, dos de las mujeres le rodearon y me tomaron el pulso, una de ellas se dio cuenta de la debilidad de mi cuerpo y se lo comunicó al señor.

-Bien muchachos, quiero que vengan conmigo, antes que todo necesito que coman algo, llévenla a la enfermería, enseguida iré con los demás.

Jan resignado a dejarme ir sola, no cambió su vista de mí hasta que desaparecí en el pasillo. Desde aquel día ninguno de nosotros supo lo que era volver a la calle, ni menos lo que era tener que quedarse sin comer, ya no volvimos a pasar frío, ni tuvimos que trabajar para sobrevivir, ahora teníamos muchos compañeros y muchas personas que se preocupaba por nosotros, teníamos un hogar, y nos teníamos a nosotros. Nos dejaron ocupar habitaciones continuas que se comunicaran, con el tiempo vieron que era imposible separarnos, así que nos dejaban reunirnos todas las noches y a veces cuando nos sentíamos tristes dormíamos todos juntos, aunque ya nada era igual, Samuel y Jan seguían siendo nuestros hermanos mayores, así que lo que ellos dijeran era ley, Temari seguía arreglando nuestra ropas y nuestras cosas, Jackelin seguía siendo en extremo apegada a mí, Tami y Toni no dejaban de ser revoltosos pero igual de tiernos y a Gara le estaban atendiendo como era debido, aunque su mejoría era cada vez más notable, aún era una personita débil, cuando Samuel terminaba sus labores de jardinería iba todos los días a verle y se pasaba todo el descanso junto a él ya que Temari estaba muy ocupada enseñando bordado a un grupo de niñas o preparando dulces en la cocina, por las tardes nos íbamos para la sala con él y comenzábamos a recordar cómo fue que cada uno nos conocimos. En el orfanato nos enseñaron a leer, a escribir y poco a poco fuimos pasando de grado. El tiempo fue pasando y nosotros fuimos acostumbrándonos a ser una familia muy unida, después de seis años seguíamos siendo los mismos niños de siempre. Una mañana Tami vino a mi cuarto toda hecha un manojo de nervios y llorando desesperadamente.

- ¿Qué sucede hermana? le pregunté sorprendida.

-Ay Chani han venido a adoptarme.

- ¡Qué bien! exclamé emocionada.

- ¿Qué bien dices? ¿Qué parte de todo no entiendes? - me reclamó llorando - que no ves que me separan de Toni y de ustedes, yo no quiero irme respondió llorando y abrazándose a mi cuello.

Fue entonces cuando comencé a comprender que ese hermoso sueño de tener una familia, de llevar la vida que siempre quisimos, sería la causa principal de nuestras separaciones, separación que dolía igual que una muerte, en cuanto Samuel y Jan se enteraron, fuimos a ver al señor Carlos, pidiéndole de favor que nos permitiera renunciar a esa adopción.

-Escuchen chicos, ha venido un matrimonio y han conversado con Tami, pues les pareció que sería la hija que nunca han tenido, les agradó la chica, sé que es difícil para ustedes separarse, pero el día en que vinieron aquí fue para ocupar un lugar en la sociedad de donde los arrebataron, además no es eso lo que siempre han querido, una familia, pues bien tienen la oportunidad de tener una.

-Precisamente somos eso, una gran familia que no quiere separarse.

-Y qué piensan hacer para lograrlo, ¿volver a las calles a pasar hambre y necesidades?, razonen, el orfanato no les puede mantener hasta más allá de los 20 años, después de eso si no tiene un benefactor lamentablemente no nos podemos seguir haciendo cargo de ustedes, imagínense si lo hiciéramos, se casarían tendrían hijos y seguirían bajo nuestra tutela, lamentablemente no tenemos fondos para más, es por eso qué muchos se desviven por que los adopten, háganlo ustedes.

-Pues diga lo que diga yo no voy, no lo haré, no puedo hacerlo- reclamo como chica berrinchuda

- ¿Qué te lo impide muchacha, es que acaso no quieres vivir entre una familia, una de verdad?

Tami lloraba tan fuerte que daba pena, su llanto ahogaba sus palabras, así que se limitó a señalar con el dedo a Toni que la miraba con los ojos llorosos y luego su dedo señaló a cada uno de nosotros.

-No puedo...porque ya yo tengo mi familia de verdad, ¿no la ve?

Estas palabras conmocionaron al personal de la sala, hasta el propio señor Carlos se sintió conmovido, pero poco sirvió esta respuesta, desde el día en que nos habíamos internado en aquel orfanato habíamos entregado nuestra custodia a aquel señor y ahora dependíamos de él, además muy en el fondo él tenía razón, era preciso que cada uno hiciese su vida, de eso dependía el futuro de cada uno de nosotros. Con gran dolor en el corazón Tami terminó por aceptar su adopción, además su hermano había sido pedido por otra pareja, y ya nada más se podía hacer, solo esperar el día en que todo estuviera listo. Dos semanas después de terminados los tramites vinieron en busca de Tami, sus fuerzas comenzaron a flaquear justo cuando tenía que irse, se abrazó desesperadamente a su hermano y comenzó a pedir que no los separaran, cuando por fin cedió a las suplicas de señor Carlos, vió como su hermano le decía que todo iba a estar bien, que él iba a buscarla algún día, que no lo olvidara, fue cuando estuvo encima del auto que lo vio salir corriendo hacia ella, por lo que salió a su encuentro sin percatarse del auto que venía sobre ellos. Se abrasaron en medio de la calle y para cuando se dieron cuenta era tarde, tenían a este sobre ellos. De súbito impulso Samuel que estaba cerca salió corriendo y con todas sus fuerzas los lanzó a los dos al otro extremo de la calle, quedando debajo del auto….

No creo que sea necesario describir como es vivir un momento así, creo que es parte de lo que nunca debería suceder y que nos sucede muy a diario. Samuel, nuestro gran Samuel dio sus últimos alientos días después del accidente, siendo el primero de los que dejo de respirar que tuvo una lápida y un entierro digno de alguien que existió. Después de eso la pareja decidió adoptar a los hermanos juntos, siendo ellos los primeros en salir a lo desconocido.

La próxima fue Jackelin, tenía 15 años, aún era tan parecida a mí y seguía queriéndome igual que siempre, parecía que sus padres adoptivos eran los adecuados, aunque para niños como nosotros quizás ningunos fuesen los adecuados, ninguno más que los que deberíamos de haber conservado al nacer, los que llevan nuestra misma sangre. Tami y Toni escribían muy a menudo, se sentían contentos pero tristes por la lejanía de los que por tantos años habían sido la única conexión con el mundo, la única fuente de cariño que conocimos.

Ese invierno fue tan frío e implacable que nuestro Gara calló enfermo, su corazoncito estaba tan débil que las esperanzas se escurrían, Temari no tenía consuelo, hasta nuestra fe comenzaba a desaparecer, aquel invierno era tan despiadado y cruel, nos amenazaba con quitarnos a otro ser, una personita pálida y delgada, pero a la vez cariñoso, mimoso y hermoso, tenía 14 años, su tez pálida y opaca debido a sus aflicciones, pero de ojos vivos, negros y brillantes cuando reía, esa risa hermosa que de vez en vez le coloreaba las mejillas, mas, desde que Samuel había muerto Gara dejo de sonreír y de cantar, apenas si lo hacía, tampoco ninguno de nosotros tuvo ganas ya de reír nada nos daba interés no recibíamos a nadie. Todas las mañanas, al terminar las clases íbamos a la enfermería a visitar a Gara, pero, esa mañana no nos dejaron pasar, tuvimos que sentarnos en el salón cerca de la puerta de la sala, esta estaba abierta, así que pudimos ver a Gara sentado en un sillón todo rodeado de cojines y bien arropado, frente a él había un hombre de rodillas tomándolo por las manos. No se oía la conversación, pero el doctor estaba a un lado y el señor Carlos en el otro, observando como el muchacho y el hombre lloraban al unísono, Gara estaba inquieto y meneaba negativamente la cabeza, de repente comenzó a agitarse demasiado y a sujetarse el cuello en busca de aire, de inmediato lo acomodaron en la cama, sacando al hombre y al señor Carlos de la sala y comenzaron a conectarle un respirador. Cerraron las puertas del salón así que esto fue lo único que vimos, por media hora estuvimos sentados en espera de noticias, el señor Carlos había salido en busca de Temari, y el otro hombre estaba parado frente a los oscuros cristales, como si quisiera adivinar lo que pasaba adentro, minutos después llegaban con Temari, venía seria, pálida, sin señal de haber llorado, no he de negar que me indignó verla tan tranquila, con esa expresión de frivolidad en su semblante, pero cuando me miró me di cuenta de que sufría, sufría mucho más que nosotros, yo con mis lágrimas y mi corazón destrozado jamás la superaría en dolor, estaba inerte, no miraba, no sentía, no oía, al pasar por nuestro lado ni siquiera suspiró, Jan me abrazó, y me besó la frente pidiéndome que fuera fuerte, al verla así lloraba con más fuerza, para sorpresa de nosotros, se detuvo bruscamente delante de la puerta de la sala y se dio vuelta hacia el hombre que la miraba sollozando, sin que nadie comprendiera y sin que se le pudiera detener, lanzó toda su furia hacia aquel hombre.

-Usted no tiene derecho, ¿por qué lo hace?, váyase, déjenos, éramos felices sin usted, váyase le digo.

-Basta Temari, él es tu padre – trataba de calmarla Don Carlos
Aquellas palabras incentivaron aún más el genio que sentía la muchacha, el hombre en cambio no hacía más que mirarla con dolor, mientras recibía innumerables insultos.

-Sé muy bien quien es, mal nacido, no quiero verle, entiende, no lo necesitamos, lo odio con toda mi alma, nunca se atreva a llamarme hija, usted no es nada mío, me entiende, no tiene hija, nunca la tuvo Temari dejó de golpearle y ahogada por el llanto comenzó a decir lo más fuerte que pudo- Le juro, le juro por lo único que me queda en esta vida que es mi hermano, que pagara por todos los días sin comer que pasó Gara, todas las noches en vela que tuvimos que pasar pues no teníamos dinero ni para una aspirina para bajarle la fiebre, los resfriados que cogió por no tener un par de zapatos, resfriados que le fueron consumiendo la salud, juro que pagará por todas las veces que preguntó por papá y por mamá, sin saber que decirle y callándome el que nos habían dejado abandonados, que no nos querían y que nunca lo hicieron, para que el no guardara ese odio que me consume el alma, pagará alto el precio, usted verá en mí, el odio de todos nosotros - sus dedos nos señalaban a nosotros - el odio de todos los niños de la calle, les ves a ellos, son la única familia que he tenido, porque yo no tuve padres. Rece, rece para que a mi hermano no le pase nada, porque usted será el culpable de su enfermedad.

-Basta Temari, basta - gritó el hombre con el rostro empapado en lágrimas - eres muy cruel no puedes hablarme así, jamás tuvimos intenciones de abandonarlos, tu madre estaba muy enferma, así que los llevé a casa de unos amigos para poder llevarla al hospital, pero cuando regresé por ustedes, ya no estaban, se los habían llevado dios sabe a dónde, esperamos hasta la noche pero no regresaron con ustedes así que le avisamos a la policía, les buscamos día y noche hasta el cansancio pero no aparecían fue entonces cuando, después de dos días de desesperación que apareció el auto del matrimonio fuera de la ciudad frente a una tienda, esta había sido asaltada y todos habían muerto, dentro de ellos estaba el matrimonio que se los había llevado, para cuando llegamos al lugar el auto estaba vacío, te juro hija, te juro que los buscamos por todos lados, pero nunca los encontramos, no los encontré, no los encontré, - el hombre se había arrodillado con las manos extendidas hacia Temari recuerdas a tu madre ¿verdad? ¿Le recuerdas?, recuerdas cuando te acurrucaba en la cama, como te cantaba, ella nunca me lo perdonó hija, como si yo fuese el que los había perdido, lo siento Temari, lo siento, danos, danos la oportunidad de demostrarles cuanto los queremos, hija, te amo.

Temari no tenía consuelo, tampoco su padre, prácticamente no podían respirar, con vacilación y después de oír aquel relato, Temari se lanzó a los brazos que se extendían hacia ella ahogando sus gritos entre la ropa de su padre, que con fuerza la besaba y abrazaba.

-Gracias a dios, Don Carlos, gracias a usted y a todos los que hicieron posible este encuentro.

Mis ojos producían destellos de felicidad, al fin uno de nosotros tenía más que el cariño que nos dábamos como familia, esa era su verdadera familia, allí tendría más que cariño, tendrían amor, tanto Jan como yo nos mirábamos sin comprender que había un lazo más fuerte con el mundo, el lazo de la sangre y comprendimos que siempre hay esperanzas aun cuando la muerte nos toca la puerta. Para nuestra sorpresa y cuando crees que todo irá bien, es cuando todo da marcha atrás. El doctor salió a nuestro encuentro y al parecer no había buenas noticias que dar.

-Albert ¿Cómo está el chico?

-Lo siento Carlos, la situación es delicada, los pulmones no dan más y el corazón se detiene por instantes, tienes todas las condiciones aquí para atenderlo, pero quizás la próxima vez ya no pueda hacer nada.

Esa fue la única parte que pudimos escuchar y la última vez que nos permitieron entrar a verle. Temari apenas si se separaba de él igual que sus padres. Apenas si dormíamos algo. Jan me acompañaba todo el tiempo, mis nervios se hacían impredecibles. Al otro día, a medianoche, oímos a Don Carlos subir las escaleras, la luz de mi cuarto estaba prendida, así que entró sin tocar siquiera. Yo estaba recostada a Jan, con los ojos cerrados, no dormía, más no me atreví a abrirlos, me mantuve quieta, nadie dijo nada solo sentí como Jan lanzaba un grito y me apretaba con fuerzas mientras me decía al oído.

-Se acabó Chani, se acabó.

El velorio fue hermoso, todos los niños del orfanato fuimos a él, sus padres querían enterrarlo en el panteón familiar, más Temari se opuso y fue enterrado junto a Samuel, junto a su gran hermano y amigo mayor, su lápida fue igual de sencilla. Todos aquellos socios del orfanato se presentaron con una docena de rosas blancas, y cada uno de nosotros llevó un papel con una despedida y nuestras palabras hacia él y allí fueron quemadas para que el aire las esparciera por todo el cielo. Después de ese día ya nada seguiría siendo igual, Temari se mudó con sus padres un mes después, nos fue difícil separarnos, pero en fin ella ya estaba con su verdadera familia quien mejor que ella para cuidarle. Ahora éramos solo Jan y yo.

-Sabes una vez le pregunté a Taitica si creía que alguna vez tendríamos una familia y sabes lo que me respondió…Que no importaba cómo, dónde, estuviésemos, ni que tan grande o chica era, nosotros siempre íbamos a ser una familia, la única familia de verdad que tendríamos siempre, nuestra familia ha ido reduciéndose poco a poco pero aún quedamos unos pocos, míranos, eres la única persona que aún no se ha separado de mí. Ay Chani, mi Chani – sin saber el por qué aquellas palabras me hacían estremecerme – hay algo que desde hace varios años vengo ocultándote.

- ¿Qué es? – pregunté entre emociones

-Una vez siendo más chicos vino una pareja a adoptarme, yo me negué, no quería ser adoptado, al menos no antes de verte a ti con una familia, nunca quise separarme de ti, no me hubiese perdonado dejarte sola, este cariño que sembraste en mi corazón cuando éramos apenas unos bebes no me hubiera permitido alejarme de ti, hoy puedo decirte que ese cariño a crecido, es diferente, me asusta quererte así, creo que…

- ¿Qué crees? -mis manos sudaban, los labios me temblaban, palidecía grandemente, sentía que todo tomaba una melodía y él estaba igual de nervioso –

-Es… quizás no lo sientas como yo, disculpa si te ofendo, pero…

- ¿Qué es? -pregunté impaciente.

-Es amor Chani, amor… no cualquier amor, sino uno más fuerte, un amor por el que he luchado, un amor por el que siempre he permanecido a tu lado protegiéndote, si antes lo confundía porque era más chico hoy lo descubro, un amor que he callado por temor a tu reacción, a la reacción de alguien de la que se supone no sea más que mi hermana, si supieras como duele verte conversar con personas que sé que algún día te separarán de mí, este corazón mío no soportará verte partir, moriría de pena si te alejan de mí.

Mis labios no le permitieron seguir hablando, lo abrase contra mi pecho y le bese con fuerzas, le quería nunca me di cuenta, pero le quería, me alzó entre sus brazos, dándome volteretas como cuando éramos niños, pero esta vez era distinto, ese cariño ahora era amor, un amor grande, un amor que nunca se había apagado, ese día comenzó para mí, mi segunda vida. Si bien extrañábamos a los demás éramos muy felices. Todo ese año fue primavera para mí, en navidad recibimos noticias de Tami, Temari, Jackelin y Toni, nos decían que nos extrañaban y nos deseaban una feliz navidad y próspero año nuevo. Les iba bien en sus nuevas familias y les acongojaba que aún no tuviésemos una, lo menos que se imaginaban era que varios matrimonios vinieron adoptarnos por separado y que no quisimos aceptar a ninguno, sin darnos cuenta de que crecíamos y las oportunidades de tener una familia iban acabando. Pronto Jan cumpliría los veinte y ya el orfanato no podría mantenerlo bajo custodia por mucho más tiempo, y yo seguía su camino. Don Carlos nos dejó saber su preocupación por nuestra situación, fue cuando tras de hablar con él en su oficina nos percatamos de nuestros problemas, hasta el momento ausentes.

- ¿Qué haremos Jan?, no quiero que te quedes sin familia, sin protección.

-Chani, mi niña, tú eres mi mejor familia, me proteges de todo, entiende que al separarme de ti me separan de la felicidad.

-También a mi amor, te quiero, te quiero con la vida, pero entiende que estamos los dos solos y que de dónde venimos el mundo es cruel, quieres vivir de nuevo en el pasado, lejos de un hogar que nos de alimento y abrigo, nuestro futuro es tan incierto que me asusta que nos quedemos como en el principio, no quiero que a causa del frío te me mueras, ni quiero verte pasar más hambre, no mientras podamos evitarlo. Por dios tienes que prometerme que buscarás una familia, que no serás más terco, debes prometerlo, lo harás verdad.

Le vi dudar por un rato, su rostro estaba recio, contraído, miraba mis ojos queriendo descubrir algo de retracto en aquello, más los míos estaban firmes, fue cuando con voz ahogada, seca, sin melodía, me dijo.

- ¿Sabes acaso lo que me pides?

Claro que sabía, mejor que nadie me daba cuenta de que lo que le pedía acababa de helarlo de pies a cabeza, había dejado caer un frío trozo de hielo en su corazón, mis palabras habían sido crueles en extremo, como decirle que lo quería con locura, no, eso impediría que se separase de mí, él debía de tener una familia una familia que cuando yo no estuviese más, le cuidara, para que algún día fuese alguien, que pudiera estudiar para luego trabajar, poder mantener una familia, tener una vida fuera de la que llevaría conmigo.

Mi voluntad no resistió mucho más, las lágrimas me delataban.

-No llores por dios no llores, no soporto verte llorar, no por mi causa, te lo prometo, te lo prometo, pero no llores no me llores así.

-Promete entonces que el próximo matrimonio que venga, dejarás que te escojan, te irás con ellos.

Bien sabía yo lo que me costaba pedirle aquello, era como renunciar a la felicidad, renunciar a todo, pedirles a tus sueños que se esfumen, es morir de miedo, renunciar a vivir. Cinco minutos fueron lo que demoraron en buscarse nuestros labios, me abrasó fuerte muy fuerte y cuando recobramos el aliento me dijo de esta forma:

-Me matas, sabes, me matas.

También yo moría, su llanto me hacía llorar aún más y sus abrazos arrancaban de mi innumerable sollozo, él lo comprendía, lo comprendió siempre, pero siempre lo esquivó. Los días fueron desde ese momento menos alegres, los fines de semanas eran un infierno, tanto para el como para mí. Ese día nos habíamos entrevistados con unos matrimonios, yo estaba sentada fuera de la dirección esperando mi turno mientras que él estaba dentro, las puertas estaban cerradas, así como mis ojos, que sucedería allí adentro, me hubiese gustado saber. Por varias horas tuve que esperar sentada con el alma hecha pedazos. Cuando abrieron las puertas y lo vi salir me puse de pie nuestras miradas se cruzaron y la mía buscaba una respuesta, pronto mi curiosidad estuvo saciada, vi correr de sus ojos azules dos gruesas lágrimas, sin decir más me tomó antes de que desfalleciera.

- Te quiero entiendes, te quiero - me decía mientras que me sujetaba con fuerzas pues mis piernas no me sostenían - No lo voy a resistir, Chani, no puedo, no puedo, sin ti no puedo.

Por desgracia la pareja había acordado adoptarlo, él había, a petición mía, accedido a su pedido, puesto que ya era mayor de edad firmó los papeles de su custodia. El matrimonio era de la alta sociedad, de edad avanzada, pasaban de lo cuarenta, más tenían buena salud, nunca habían considerado adoptar, más al ver que sus intentos por tener hijos eran en vano recurrieron al orfanato, buscaban a un joven del carácter de Jan, con una edad como la de él para que estudiara y se ocupara de los negocios de la familia. Jan les parecía el adecuado, a mí en cambio había ido a verme una pareja de señores, pertenecían a la familia de nobles, tenían título de Ducado, habían tenido una hija que había muerto en un accidente y habían perdido a su nietecita, buscaban un heredero para su gran fortuna y una agradable compañía para sus últimos días, también firmaron los papeles de mí adopción, quedaban separadas así nuestras vidas, él se iría a vivir a otro estado y yo a otro país lo más probable era que a millas de él, así que las posibilidades de vernos serían prácticamente ningunas. Una mañana luego de tres semanas de sufrimiento y espera, vinieron a llevárselo, ni siquiera quise verlo, no tenía el valor suficiente para despedirme, no tenía siquiera fuerzas para decirle que lo amaba con todas las fuerzas de mi corazón, que nunca lo dejaría de hacer, y que moría por pedirle que se quedara a mi lado, que renunciara, que olvidara su promesa, pero me callé, oí como a través de la puerta su voz llamándome fue desapareciendo para dar cavidad a las lágrimas y los sollozos, sabía que estaba allí, al otro lado de la madera pero de haber abierto nunca se hubiese separado de mi lado. Luego lo oí marcharse callado, incluso sentí como arrastraba su maleta.

Dos semanas después vendrían por mí, más antes de marchar recibí una carta y una foto de él en la que me mandaba su dirección y teléfono personal para que le llamara, de inmediato lo hice, pero estaba fuera de servicio, le llamaba para decirle que me mudaba, que ya no me escribiera al orfanato, en la carta me decía que había empezado los trámites para empezar la universidad, me hablaba tan animado de su nueva vida, de su recién familia que hasta sentí celos y miedo de que me olvidara, pero en su carta también me decía que extrañarme era lo que más hacía. Esa fue la primera y última vez que recibí noticias de él, escribí a la dirección que me había mandado una y mil veces, al teléfono no lo llamaba pues el número dejó de estar en servicio un día, jamás volví a recibir noticias suyas, ni siquiera siguió escribiendo al orfanato, fueron cuatro años intentándole encontrar, pues al parecer se había mudado de estado, mas no dejó ningún rastro que me ayudase a encontrarlo. Otro año esperé con desasosiego una señal suya, más pronto mis esperanzas fueron menguando. Mi nueva familia era maravillosa, para ellos era una adoración tenerme con ellos, llegué a quererlos y respetarlos como a mis propios padres. Aunque eran ya un poco viejos podía disfrutar de su compañía como cualquier otra alma joven, eran increíbles, se movían tan desenvueltos entre las demás personas de su clase, de la cual comenzaba a formar parte, se me enseñó todo lo relacionado con la alta sociedad y a como abrirme paso dentro de la misma, en verano nos íbamos a una de las tantas haciendas que tenían, era una de la más bellas, allí aprendí a montar a caballo, a correr por prados podados parejos y a dejarme caer en el pasto húmedo por las gotas de rocío, era fácil a acostumbrarse a aquella vida, era como si algo me uniera a todo aquello, pasaba horas debajo de los almácigos y los frondosos álamos meciéndome en una hamaca. Una tarde mientras que Carol la duquesa y yo descansábamos le comenté un deseo que tenía que pedirle y que no me había atrevido a hacerlo.

- ¿De qué se trata, mi niña?

-Quisiera hacer un velorio memorable para dos personas que se lo merecen y que no han tenido la oportunidad de tener siquiera una lápida.

Mi petición fue concedida como todo lo que se ocurriera pedir. Ese mismo mes se llevó a cabo la extracción de los cuerpos, poco quedaban ya de ellos, los periódicos corrieron la noticia del entierro.

"La heredera adoptiva de los Duques de Estrasburgo, entierra a quien asegura fue su protector y a una pequeña a la que consideraba su hermana en el cementerio donde actualmente reposan dos de sus otros hermanos de infancia".

Dos días después, fueron enterrados junto a Samuel y Gara, Taitica y Susan, sus lápidas eran sencillas, pero detrás de ellas se había levantado un obelisco en memoria de los que habían dejado su vida de una forma u otra en las calles frías e implacables de aquel mundo. Una mañana luego de dos meses del entierro, llegaron a la mansión dos automóviles, de inmediato el ama de llaves corrió a avisarme, al bajar encontré frente a mí a un joven guapo de cabello carmelita, ojos café, de alta estatura, como de unos veinte un año, con él había una muchacha elegante hermosa y en extremo parecida a él y como de su misma edad, parada de espalda a las escaleras, había otra muchacha, que al verme acercarme se dio vuelta, su parecido conmigo era impresionante, tenía su pelo negro por la cintura en ondas, sus ojos verdes brillantes también como los míos, las cejas espesas y las pestañas arqueadas, prácticamente idénticas a las mías y un lunar en el mismo lugar que el mío en la barbilla del lado derecho.

No podían ser otros, mis fuerzas eran pocas para llegar al final de las escaleras, para cuando lo hice mis ojos aun no creían lo que veían, frente a mi tenía a Tami a Toni y a Jackelin, mi hermosa Jackelin, nos abrasamos y besamos. Después de calmar nuestras emociones nos contamos lo que había sido de nuestras vidas desde que abandonamos el orfanato, me contaron que por suerte vivían cerca y que un día al leer el anuncio en el periódico de la noticia del entierro habían comenzado la investigación y habían dado con mi dirección, Jake estaba estudiando medicina, los gemelos estudiaban leyes. Les conté de lo sucedido después de que se marcharan del orfanato, de lo triste de la muerte de Gara y de la tristeza de Temari, de Jan solo conté como se había separado de mí y que no había tenido fuerzas para despedirme, ahorrándome los detalles del profundo amor que nos habíamos confesado y que tanto daño aún me hacía, Jackelin notó mi tono al hablar de él, ella que me conocía mejor que nadie, más se cayó sus suposiciones. Ese día fuimos al cementerio y le llevamos flores a las tumbas, dejando algo de llanto sobre ellas y muchos recuerdos que nos hacían agradecer el haber conocido a aquellas personas, allí frente a sus tumbas prometimos encontrarnos en aquel lugar cada tres meses, llevar flores y contar de nuestras vidas a esos que ya no estaban físicamente pero que sus espíritus nos protegían como siempre, fue allí donde surgió la pregunta que me lastimó.

- ¿Qué has sabido de Jan, Chani? -Tami que me miraba a los ojos pudo percatarse de cómo se humedecían - lo siento yo...

-Descuida, no te disculpes es algo ya natural, no he sabido nada de él desde aquel día en que se lo llevaron de mi lado, lamento no poder deciros nada más.

-Le has buscado verdad?

-He removido cielo y tierra, he agotado hasta la última de mis fuerzas, sin resultado ninguno.

- Dejemos ese tema para luego intervino Jackelin tomándome por el brazo al ver que me ponía aún más triste a medida que hablaba de él.

Esa tarde Tami y Toni se marcharon hacia su casa, pero Jake se quedó conmigo el fin de semana.

-Así que eso fue lo que sucedió, escucha no me parece cosa de Jan hacer eso, tú siempre fuiste la luz de sus ojos su alma gemela, su vida.

-Lo sé Jake y es por eso por lo que temo que algo malo le haya pasado, algo realmente malo.

Después de ese día nos reunimos mes tras mes, pero ninguno por más que investigo tuvo noticias de Jan, el año que siguió me trasladé de universidad, pues mi carrera así lo exigía, nuevas amistades surgieron y comencé a adaptarme nuevamente, era el penúltimo año de mi carrera. Sucedió que un día llego al igual que yo un joven de traslado, era alto, de ojos azules como el cielo, pelo negro caído en los ojos y parte del rostro, era corpulento, de piel blanca, su voz me recordaba a.... era lindo y fuerte, sus ojos eran tristes, y me resultaban tan conocidos, su nombre era Jander tenía 26 dos años mayor que yo. Un día saliendo de clase, chocamos y resulta que mis libros cayeron al suelo, junto a los de él.

-Disculpa, no fue mi intención al oírlo hablar, todos y cada músculo de mi cuerpo se paralizó -están todos, discúlpame si, me escuchas, he, te estoy hablando.

Estaba perpleja, su boca, sus ojos, su vos, su pelo, todo era tan parecido.
-Gracias, Gracias...- respondí avergonzada.

Esa tarde recordé cada una de las facciones de su rostro, cuando alguien tocó a mi puerta.

-Hola, Chani verdad, es esta libreta tuya, creo que se intercaló entre las mías.

Allí estaba de nuevo, mis nervios se volvieron aún más impacientes al punto tal de cortarme las palabras.

-Disculpa si te parezco indiscreto, pero, de dónde la sacaste.

-Es... es... pasa por favor, disculpa mi falta de cortesía.

-Descuida, no vine nada más que a entregarte la libreta.

-La libreta claro, es un regalo de alguien al que solía interesarle un poco.

- ¿Alguien que quizás ya no está?

-No lo sé, pero era alguien al que te pareces demasiado.

- ¿Acaso me conoces? - aquella pregunta estaba fuera de lugar, todo él era idéntico a Jan, como no le iba a conocer si adoraba lo que mis ojos veían - Es que a veces me parece que te conozco, pero no lo recuerdo, como otras tantas cosas, disculpa, te aburro, soy así, debe de ser una equivocación, de nuevo discúlpame.

Dio media vuelta como si nada, estaba apenado, nervioso, ni siquiera se volvió para despedirse, mi corazón estaba agitado, me quedé en la puerta recordando su imagen por unos minutos.

-Tienes razón al que yo recuerdo no olvidaría quien soy.

No podía ser él, él nunca hubiese olvidado mi rostro, no, porque yo no conseguía aun olvidar el de él. Otro día volvimos a chocar en la puerta del aula, Salí tan apresurada que no le vi y chocamos y al intentar que mis libros no cayeran al suelo roso una de mis manos sin querer, mirándome muy fijo, escudriñando cruelmente mis ojos, impidiéndome que apartara los míos de los suyos, algo los retenía allí, pasaron varios minutos sin que ninguno se moviera, como moverme si los nervios me controlaban, de repente se llevó sus manos a la cabeza y gimió.

- ¡Ha!...

- ¿Qué te sucede? - le pregunte asustada.

-Mi cabeza - fue su respuesta más mi susto pasó pues en instantes fue tornándose más sereno, se paró y se marchó diciendo - discúlpame no ha sido nada.

Aquel suceso me dejó más inquieta de lo que debería de haber estado, no dejaba de preguntarme ¿Qué conexión había con aquel muchacho? Esa semana apenas si lo vi, me evitaba, quizás le apenara el recordar su debilidad ante mí, más le seguí, tenía que decirle que nada me importaba de lo que vi aquel día, quizás le hiciera mejor saberlo, aunque en realidad solo quería volver a verlo, sabía muy adentro que quería estar cerca de él, que tenerlo cerca era tortuosamente como tener a Jan frente a mí y moría de ganas de que fuera el. Había entrado recién en la biblioteca, me apresuré y le tomé por el brazo para que se detuviera.

- ¿Por qué te escabulles de mí? no tienes que hacerlo, no soy una secuestradora ni nada por el estilo. ¿Acaso me aborreces tanto? - le pregunté sin darle tiempo a responder

-Disculpa, estoy apurado, - en su rápida mirada se notaba que le ponía nervioso, solté su brazo y di la espalda, mas, mi emoción era mucha así que me volví y le llamé por el primer nombre que me surgió a la mente, el de Jan.

Nunca espere que causara esa reacción en él. Caminó hacia mi tomándome el rostro con sus manos suaves pero rudas, su aliento y el mío se entrecruzaban, sus ojos escudriñaban los míos y a pesar de todo aquello mi calma era inmensa.

- ¿Por qué haces esto? - me preguntó con vos ahogada - me torturas me haces recordar cosas que...

- ¿Recordar?

-Si recordar ese nombre... sé que lo he escuchado antes... tu voz... tu pelo...

- ¿Mi voz? Estaba tan cerca de mi rostro q mis palabras solo eran susurros

-Me convierto en alguien que no recuerdo, me provocas... me da el impulso de hizo una pausa y miro mi boca con tanta pasión... prefiero mantenerme lejos

No podía dejar de mirar sus ojos, el pelo que le cubría parte de ellos, su rostro, su voz, me molestaba estar tan vulnerable, allí entre sus fuertes brazos, pero no tenía el valor suficiente para alejarlo, soltó entonces mi rostro y comenzó a alejarse poco apoco, mis labios dejaron salir entonces nuevos nombres, sin proponérmelo deje escapar el nombre de Samuel, Gara, Susan, quería que me volviera a tomar en sus manos, pero jamás desee que se pusiera así. Tomó su cabeza fuertemente, como lo vi hacer aquel día.

- ¡Calla!, ¡calla! - gritaba con fuerza al punto tal que los presentes se levantaron de sus puestos.

Un profesor corrió en mi ayuda al ver que se desvanecía y que no podía sostenerlo. Le llevamos al hospital, tenía miedo, estaba tan asustada que prácticamente entré en shock, le avisamos a sus padres, los que no demoraron en venir, por suerte no era nada de gravedad, solo eran secuelas de un accidente que había sufrido hacía cinco años y en el que había perdido parcialmente la memoria, la mayoría de las cosas las había recordado con el pasar del tiempo y era evidente que comenzaba a recordar esa parte que aún le faltaba, este fue el diagnóstico del doctor. Me pidió entonces que le explicara todo lo sucedido sin omitir nada, así lo hice, se acordó que yo estuviera cuando el despertara, pues era evidente que había una conexión entre su pasado y yo, los padres no se opusieron deseaban que su hijo se curara del todo

- ¿Qué sucedió, donde estoy?

-Por favor quédate acostado- le sugirió el doctor- al traerte te aplicaron un sedante y puede darte dolor de cabeza.

- Vale doc….tengo un poco de sed - le acerqué un vaso con agua que vació lentamente mientras me miraba, al parecer no le incomodaba mi presencia.

-El doctor dice que con una operación como la tuya es normal - se llevó una mano a la frente y apartando los cabellos que la ocultaban dejo al descubierto una cicatriz - no tenía idea de que hubieses tenido un accidente, tampoco que sufres de amnesia.

-Hablas como si me conocieras de antes, no veo porque decírtelo- respondió un poco rudo, pero a la vez con un tono suave como no queriendo herirme

-Claro, no hay razón para hacerlo- respondí un poco triste comenzaba a sentirme desilusionada – el doctor salió entonces de la habitación y nos dejó solos

-Disculpa, disculpa, tú has sido muy amable conmigo y yo...pero es que cada vez que me hablas, me tocas, me miras, no sé, todo comienza a darme vueltas, recuerdo cosas, no sé qué exactamente, pero vagas imagines me atacan, aparecen en mí, sentimientos y sensaciones que no recuerdo haber sentido antes y eso me asusta, entiendes porque huyo, me asusta que seas un conecto con mi pasado, mi presente es maravilloso, tengo una familia perfecta, mi carrera mi vida, no deseo recordar nada más, para qué hacerlo eso sería saber todo lo que he vivido hasta entonces, sé que fui adoptado sabes lo que significa, que hay partes oscuras que no quisiera tener en mi mente.

Sus palabras me herían profundamente, había sido adoptado, eso significaba que ya no había dudas ese era Jan, mi Jan, y él ni siquiera me recordaba, además yo también era adoptada y para nada renunciaba a mi pasado, aunque no hubiese sido fácil vivirlo, mis ojos no pudieron contener las lágrimas, y mi corazón comenzó a doler nuevamente.

- ¿Sabes lo que dices? - en su rostro pude ver que lamentaba sus palabras

¡responde! Le grité enojada con la poca voz que me quedaba y agotando

todo el aire de mis pulmones.

-Sabes lo que dices – repetí - que no vez que puedes lastimar a otros con tus palabras, yo también soy adoptada y no renuncio a nada de mi pasado, nada, en él hubo personas muy importantes que lo dieron todo por mí y vale la pena recordarlos, uno de ellos es lo suficiente importante como para tenerlo conmigo toda la vida y ese podrías ser tú, si es que recordaras quién eres, justo ahora que puedo tener la oportunidad de recuperarte me dices esto, puede que en tu vida haya personas esperando que regreses, que se mueren por oír que les llamas por un nombre que recuerdas, acaso puedes evitar lo que fuiste, que importa si sufrimos, si el pasado es tenebroso piensa cuantas personas no tienen uno igual y aun así se aferran a él, recordar Jan... recordar es hermoso, te hace una persona de verdad, no una imagen de perfección que ves cómo vida.

- ¿Cómo me llamaste?

- ¡Jan!

-Repítelo

-Jan, Jan, Jan...- le repetía con fuerza y llena de lágrimas.

-Es esa la persona que crees que soy?????

-Si!!!!

- ¿Cómo era él?

-Ojos tristes, fuerte, y resignado cuando algo malo le pasaba, cariñoso, atento, tu misma voz, tus ojos, tu pelo, tu boca, todo lo tuyo, cuando llegaba el invierno se quitaba sus zapaticos de tela y me los ponía aunque no me sirvieran, en las noches me mecía en sus brazos y me dormía, luego me daba su colcha y él dormía con una sabanita que apenas si le cubría del frío, en los días que no había casi que comer y me quedaba con hambre, el me daba su comida, cuando fuimos creciendo, me cuidaba de no caer, me regalaba flores de papel, componía canciones para mí, y me acompañaba cuando tenía miedo, luego me regalaba sus más hermosas sonrisas, sus caricias más puras, sus miradas más apasionadas, y sufrió, sufrió mucho el día que lo separaron de mí, en verdad nuestra vida nunca fue fácil pero fue linda y hubo momentos que a pesar de todo valieron la pena vivirlos porque lo amé, lo amo, y siempre lo amaré.

Sin darme cuenta me había emocionado, a mi mente habían recurrido todos los recuerdos y había acabado contándolos, él estaba frente a mí y sus ojos brillaban inmensamente, su rostro se bañaba de lágrimas, tomó mi rostro, secó las mías y me besó fuertemente y entre un beso y el otro pronunciaba mi nombre y yo el de él, ese día recuperé al Jan de mi vida y nunca lo perdí de nuevo. Jan recuperó su memoria, terminamos la universidad y nos casamos. Días después de regresar de nuestra luna de miel recibimos una carta de Don Carlos, solicitando nuestra presencia en el orfanato, al llegar encontramos la sorpresa más grande del mundo. Don Carlos anciano ya dedicó sus últimos días a buscar nuestros padres y resultó que quien me había adoptado eran mis abuelos por parte de madre y que ese día en el accidente yo fui lanzada del auto antes de que se estrellara y que milagrosamente resistí la caída, fue allí donde Taitica me encontró, por otra parte, Jan no quiso saber de sus padres pues consideró que lo que hubiese pasado con ellos era cuestión del destino, para él era suficiente saber que existían unos a su lado.

Para mí no fue un golpe duro, pues la verdad era que los veía como tal, los abuelitos que siempre desearía cualquier persona. Los demás encontraron también a sus familiares más poco cambió en la vida que llevaban, seguimos reuniéndonos en el cementerio y llevándoles flores a los que ya no estaban con nosotros. Hoy estoy aquí contándole lo que sucedió después de que cada uno de ustedes fue partiendo de este mundo para convertirse en un pedacito de cielo que cada uno de nosotros cuidamos con recelo, a lo lejos Jan juega con Susan y Samuel nuestros dos niños, Samuel es el mayor, son mi orgullo y el de su padre. Sabes Taitica he invertido dinero en la construcción de tres orfanatos y dos escuelas públicas, sé que mi lucha por mejorarles la vida a esos niños es mínima, pero juro que lucharé hasta que las fuerzas se me acaben por convertir a cada niño de la calle, en un niño feliz, no más chicos de la calle, ¡YA NO MAS!

A ti que has llegado hasta aquí:

No importa cuán dura sea la tormenta, cuán oscura parezca la noche

o cuánto duela el camino... Siempre hay una salida, una luz, un nuevo comienzo.

Nunca dejes de creer, nunca dejes de sentir, y sobre todo nunca dejes de soñar.

- Jazmine

Made in the USA
Monee, IL
25 August 2025